MISSION : ADOPTION

MAGGIE et MAX

Fais connaissance avec les chiots
de la collection *Mission : Adoption*

MISSION : ADOPTION

MAGGIE et MAX

ELLEN
MILES

Texte français de Laurence Baulande

Éditions SCHOLASTIC

Catalogage avant publication de Bibliothèque et Archives Canada
Miles, Ellen
Maggie et Max / Ellen Miles ; texte français de Laurence Baulande.

(Mission, adoption)
Traduction de: Maggie and Max.
Pour les 7-10 ans.
ISBN 978-0-545-98118-7

I. Baulande, Laurence II. Titre. III. Collection : Miles, Ellen.
Mission, adoption.
PZ23.M545Mag 2009   j813'.6   C2009-902252-4
Illustration de la couverture : Tim O'Brien
Conception graphique : Steve Scott

Édition publiée par les Éditions Scholastic,
604, rue King Ouest, Toronto (Ontario) M5V 1E1.

5 4 3 2 1   Imprimé au Canada   09 10 11 12 13

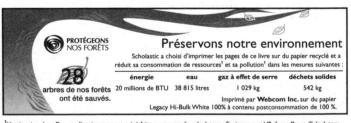

PROTÉGEONS
NOS FORÊTS

Préservons notre environnement

Scholastic a choisi d'imprimer les pages de ce livre sur du papier recyclé et a
réduit sa consommation de ressources[1] et sa pollution[1] dans les mesures suivantes :

énergie	eau	gaz à effet de serre	déchets solides
20 millions de BTU	38 815 litres	1 029 kg	542 kg

28
arbres de nos forêts
ont été sauvés.

Imprimé par **Webcom Inc.** sur du papier
Legacy Hi-Bulk White 100% à contenu postconsommation de 100 %.

FSC
Sources Mixtes
Groupe de produits issu de forêts
bien gérées, de sources contrôlées
et de bois ou fibres recyclés.
Cert no. SW-COC-002358
www.fsc.org
© 1996 Forest Stewardship Council

[1] L'estimation des effets sur l'environnement a été faite au moyen du calculateur «Environmental Defense Paper Calculator».

Pour les familles sans toit partout dans le monde et pour ceux qui leur viennent en aide.

Et pour ma mère Betty, avec tous mes remerciements et tout mon amour.

CHAPITRE UN

A-a-nicou-ouni Cha-aouani
Awawa Bicana Khaïna
E-ea-auni Bissini!

Charles chantait de tout cœur avec le groupe. Il adorait cette chanson. Il adorait son chandail jaune vif. Il adorait travailler pour obtenir ses badges de louveteau et à peu près tout ce qui avait rapport au scoutisme.

Son meilleur ami Sammy était dans le même groupe que lui, ce qui était vraiment génial. Et, le plus formidable, c'était qu'ils allaient bientôt devenir des Loup Gris. Mais ce que Charles trouvait de plus génial *et* de plus « cool », c'était que son père et sa mère étaient des Akélas, c'est-à-dire des chefs de groupe.

Les six garçons du groupe de Charles se réunissaient donc une fois par semaine chez les Fortin, et M. et

Mme Fortin assistaient également à la réunion mensuelle de la meute.

Quand la chanson fut terminée, Mme Fortin fit sortir les garçons dans la cour arrière pour qu'ils s'entraînent pour le « brevet de compétence » qu'ils devaient obtenir afin de devenir enfin des loups bondissants. Certains d'entre eux avaient du mal à rester assis longtemps, alors les parents de Charles prévoyaient toujours une période de jeux pendant les réunions.

Charles et Sammy étaient en train de perfectionner leurs roulades avant et arrière lorsque Charles, en relevant la tête, aperçut une petite face brune derrière la fenêtre.

– Coucou, Biscuit! cria-t-il en faisant un signe de la main au petit chiot.

Charles aimait tellement Biscuit. Il l'aimait plus que la crème glacée, plus que le scoutisme, et peut-être même plus que Noël, qui s'en venait dans quelques semaines. Biscuit était brun avec une petite tache blanche en forme de cœur sur la poitrine. C'était le chiot le plus adorable, le plus intelligent, le plus drôle de la terre entière et, surtout, il appartenait à la famille Fortin pour toujours.

Les Fortin avaient déjà accueilli beaucoup de chiots depuis qu'ils étaient devenus une famille d'accueil (une famille d'accueil s'occupe des chiens qui sont en attente d'une nouvelle maison). En général, les chiots ne restaient que quelques semaines chez eux, le temps que les Fortin leur trouvent le foyer idéal. Mais Biscuit était différent. Biscuit était là pour rester.

À la fenêtre du second étage, un deuxième petit visage apparut à côté de celui de Biscuit. C'était le Haricot, le petit frère de Charles (son vrai prénom était Adam, mais personne ne l'appelait *jamais* comme ça). Il avait une tortue verte en peluche dans la bouche. Mme Tortue venait de l'animalerie et couinait quand on appuyait dessus. C'était un jouet pour les chiens, et non pour les petits garçons, mais le Haricot n'était pas un petit garçon comme les autres : il adorait faire semblant d'être un chien!

Puis un troisième visage apparut à la fenêtre. C'était Rosalie, la grande sœur de Charles. Elle surveillait le Haricot et Biscuit pendant les réunions des louveteaux. Charles pensait que sa sœur était probablement un peu jalouse de tout le temps que M. et Mme Fortin leur consacraient, à lui et à ses amis, et qu'elle aussi aurait bien aimé participer à toutes les activités des scouts, comme les bricolages, les sketchs et les jeux de rôles.

À ce moment-là, Rosalie tira la langue à son frère. Charles lui tira la langue à son tour. Rosalie mit ses deux petits doigts dans sa bouche pour l'étirer à la façon de Jack la lanterne. Charles fit de même. Charles était en train de réfléchir à une nouvelle grimace, avec les yeux qui louchent et la langue qui pend, quand il entendit sa mère qui disait :

– O.K. les scouts, on rentre!

Mme Fortin se tenait devant la porte de derrière et leur faisait signe d'entrer.

– Notre invité est arrivé et il est temps de s'asseoir et d'écouter de toutes vos oreilles.

Le groupe recevait souvent des visiteurs. La plupart du temps, ils parlaient de leur travail ou de la manière dont les scouts pouvaient aider leur communauté. Le mois précédent, le chef du poste de police était venu les voir! Il avait déclaré que les scouts étaient ses « adjoints officiels ». Cette déclaration avait été tout un événement!

Dans le salon, près du sapin de Noël, M. Fortin parlait à un homme grand, avec un gros ventre rond. M. Fortin devait avoir dit quelque chose de drôle, parce que quand Charles et les autres enfants entrèrent dans la pièce, l'homme éclata d'un grand rire joyeux. M. Fortin riait aussi.

Mais les deux hommes redevinrent sérieux quand les scouts se rassemblèrent et s'assirent en cercle par terre.

– Les garçons, voici M. Boulanger, dit M. Fortin. Il est le directeur du Nid, un centre d'accueil pour les familles qui ont besoin d'une maison pour quelque temps.

– Tu veux dire, comme nous, avec les chiots? demanda Charles.

– En quelque sorte, répondit son père en hochant la tête. Vous souvenez-vous du gros incendie aux Appartements des Pins, la semaine dernière?

Charles acquiesça, de même que tous les autres garçons. Bien sûr qu'il s'en souvenait. Il se rappelait l'avertisseur de son père qui avait sonné pendant le souper. M. Fortin était pompier et il était toujours prêt en cas d'urgence. Il avait dû partir aussitôt pour aider à combattre le feu aux Appartements des Pins et il avait travaillé très tard dans la nuit.

– Heureusement, il n'y a pas eu de blessé, dit M. Boulanger. Mais trois familles ont perdu leur foyer. Elles sont venues habiter chez nous, au Nid. Nous avons aussi deux autres familles, des familles qui ont besoin d'un peu d'aide. Avec cinq familles, nous sommes pleins à craquer.

Sammy leva la main.

– Combien de temps les gens restent-ils?

– En général, c'est juste pour un mois ou deux, répondit M. Boulanger. Le temps qu'ils retombent sur leurs pieds. Parfois, un papa ou une maman a besoin d'un peu d'aide pour trouver un travail ou pour apprendre le français s'ils arrivent d'un autre pays. Nous leur offrons de l'aide. Nous aidons aussi les enfants à faire leurs devoirs, et nous nous assurons qu'ils vont bien à l'école chaque jour.

Un autre scout prit la parole.

– Est-ce que les familles participent aux tâches ménagères au Nid?

– Bien sûr, dit M. Boulanger. Nous travaillons tous ensemble pour que le Nid soit un endroit confortable et plaisant, tout comme vous, vous aidez vos parents à la maison. En contrepartie, les familles ont un endroit sécuritaire et chaleureux où vivre et trois repas par jour jusqu'à ce qu'elles trouvent un nouvel endroit où vivre.

Ce fut au tour de Mme Fortin de prendre la parole.

– Trois *délicieux* repas, précisa-t-elle. J'ai soupé là-bas une fois alors que j'écrivais un article sur le Nid.

Mme Fortin était journaliste au *Courrier de Saint-Jean*, le journal local.

– C'est vrai que nous avons un très bon cuisinier, répliqua M. Boulanger. Et je dois reconnaître que j'aime bien aider à la cuisine aussi. Je me demande, les garçons, si vous pouvez deviner le genre de choses que j'aime faire. Je vous donne un indice. Pensez à mon nom.

Charles comprit tout de suite.

– Des biscuits, cria-t-il

– Des gâteaux, cria Sammy.

– C'est ça, je suis boulanger et pâtissier, dit M. Boulanger. Et quand vous viendrez visiter le Nid la semaine prochaine, vous pourrez goûter quelques-unes de mes gâteries.

M. Fortin intervint de nouveau.

– Vous vous souvenez de ce que nous avions discuté à notre dernière réunion? Que nous voulions faire du bénévolat pour aider notre communauté? Eh bien, M. Boulanger nous propose de venir servir le souper une fois par semaine pendant un mois. On sera même là-bas le soir du 24 décembre!

M. Boulanger hocha la tête en souriant.

– Nous avons très hâte de vous avoir avec nous, dit-il. Surtout pour le souper de Noël. C'est là que nous organisons notre grand événement annuel. Tout le monde chante et danse, et nos bénévoles sont les vedettes du spectacle!

Charles sentit une boule dans sa gorge. Travailler au Nid lui plaisait bien et il trouvait que c'était une excellente idée d'aider les gens la veille de Noël. Par contre, l'idée de chanter et danser devant tout le monde lui plaisait beaucoup, *beaucoup* moins. Rien qu'à y penser, il avait les mains moites. Mais ce n'était pas le moment de s'inquiéter de ça. Il était temps de dire au revoir à M. Boulanger et de terminer la réunion avec une chanson. Mme Fortin éteignit toutes les lumières à l'exception de celles du sapin de Noël. Puis Charles et les autres scouts chantèrent *Ô loup, entends-tu Akéla au rocher dans la plaine?* Charles aimait chanter tant que ce n'était pas sur une scène!

Ils en étaient au dernier couplet quand le téléphone sonna. Quelques minutes plus tard, Rosalie fit irruption dans la pièce.

– C'était Mme Daigle, dit Rosalie à sa mère. Elle demande si nous pouvons venir tout de suite. Elle a dit qu'elle avait absolument besoin d'une famille d'accueil *ce soir*.

Mme Daigle était la directrice des Quatre Pattes, un refuge pour animaux où Rosalie travaillait comme bénévole un jour par semaine. Mme Daigle et son équipe s'occupaient d'un grand nombre de chats et de chiens, mais parfois elles avaient besoin d'aide. Et c'est là que les Fortin entraient en scène.

Dès que le dernier scout fut parti, les Fortin s'entassèrent dans leur fourgonnette pour se rendre au refuge. Quand ils arrivèrent aux Quatre Pattes, Mme Daigle les attendait devant la porte. Sans perdre de temps, elle les conduisit à l'intérieur du bâtiment. Charles pensait qu'elle les emmenait au chenil, mais elle se dirigea plutôt vers son bureau. Là, dans un coin de la pièce, il y avait une énorme boîte en carton. Elle était emballée avec un papier vert brillant et avait un gros nœud rouge sur le côté.

– Regardez ce que je viens de recevoir, dit Mme Daigle. J'étais restée tard au bureau pour travailler et je n'ai entendu aucune auto s'arrêter, mais quand je suis allée verrouiller la porte d'entrée, j'ai trouvé cette boîte sur les marches.

Charles, Rosalie et le Haricot s'approchèrent de la boîte pour regarder à l'intérieur. Leurs parents étaient juste derrière eux.

Charles aperçut un large visage bicolore, brun et blanc avec de grands yeux qui avaient la couleur du chocolat fondu. Un chiot! Un chiot avec des oreilles tombantes toutes brunes, une longue queue toute douce et les plus grosses pattes que Charles avait jamais vues.

– Oh là là! dit M. Fortin en regardant dans la boîte. Ce chiot est *énorme!*

– Oh ! dit Rosalie. Comme il est mignon! Est-ce que c'est un saint-bernard?

– Iot! Iot! murmura le Haricot, qui devait se mettre sur la pointe des pieds pour pouvoir regarder à l'intérieur de la boîte.

– Regardez encore, conseilla Mme Daigle.

– Oh mon Dieu! s'exclama Mme Fortin. Il y a aussi un chaton!

CHAPITRE DEUX

— Eh oui! dit Mme Daigle en croisant les bras et en hochant la tête. Il y a aussi un chaton. Incroyable, non?

— Mais... qui les a apportés au refuge? demanda Charles.

Le jeune garçon était incapable de détourner son regard du gros chien et du minuscule chaton. Le chaton était noir avec des moustaches blanches et la poitrine blanche. Il avait trois pattes blanches et une noire.

— C'est un mystère, répondit Mme Daigle. Un mystère qui ne sera jamais résolu, je le crains. Mais peu importe de qui il s'agit, je suis sûre qu'il a pris la bonne décision. Peut-être qu'il ne pouvait pas garder ce chien et ce chat chez lui, mais qu'il savait qu'on s'en occuperait. Il y avait un mot dans la boîte qui disait simplement : « S'il vous plaît, prenez soin de

Maggie et de Max. » Le chiot est une femelle, donc je suppose que c'est elle qui s'appelle Maggie.

– Et toi, tu dois être Max.

Charles regardait le chaton. Le chaton le fixa à son tour avec des yeux verts qui étaient presque trop grands pour son petit visage. Puis il ouvrit sa petite gueule rose et émit un long miaulement désespéré.

Aidez-moi, s'il vous plaît!

Charles sentit son cœur fondre. Tout de suite, il sut qu'il ferait n'importe quoi pour aider ce petit chaton.

Maggie, le chiot, avait l'air de penser la même chose. Elle inclina la tête vers le chaton et lui donna un grand coup de langue bruyant.

Ne t'inquiète pas, mon cher petit ami. Je suis là.

Max miaula encore une fois, plus doucement, et s'installa en boule entre les pattes de Maggie.

– Vous voyez le problème, dit Mme Daigle. Ces deux-là sont, de toute évidence, de vieux copains. J'ai essayé de les séparer, mais quand j'ai mis Max dans la salle réservée aux chats, il s'est mis à gémir sans arrêt. Et c'était comme si Maggie pouvait l'entendre, à l'autre extrémité du bâtiment, dans le chenil! Elle aboyait et suppliait pour qu'on la sorte de sa cage. Finalement, je les ai amenés tous les deux ici et ils se sont calmés.

— Oh là là! Attendez, dit M. Fortin en levant les deux mains devant lui. Ne me dites pas que vous nous demandez de les accueillir tous les *deux* chez nous.

Mme Daigle se contenta de hocher la tête.

— Si, c'est exactement ce que je vous demande. Comment voulez-vous que je les garde ici? Je ne veux pas les séparer, mais je ne peux pas mettre un chaton avec les chiens ni un chiot, surtout un chiot aussi gros, dans la salle des chats.

— C'est-à-dire que, avec Noël qui approche et encore tant de choses à préparer pour les fêtes, je ne pense pas que... commença M. Fortin.

— Nous les prenons, l'interrompit Mme Fortin.

Pendant que Mme Daigle et M. Fortin discutaient, elle s'était approchée de la boîte pour prendre le chaton, et elle le tenait maintenant contre sa joue, en lui faisant plein de bisous. Maggie le chiot les observait avec des yeux inquiets.

– Vraiment? demanda Charles, surpris.

Sa mère sembla à peine l'entendre. Elle hocha la tête d'un air rêveur tout en continuant à parler au chaton comme à un bébé.

Rosalie haussa les épaules.

– Maman a toujours préféré les chats, rappela-t-elle à son frère.

M. Fortin haussa à son tour les épaules. Et sourit.

– O.K., dit-il à Mme Daigle. Je suppose que c'est réglé. Nous les prenons!

Le Haricot cria de joie et commença à sautiller partout dans le bureau.

– Iot! Iot! Aton! Aton! chanta le petit garçon en agitant les poings en l'air. Youpi! Youpi!

Charles, aussi, avait envie de chanter et de sautiller. Mais il se contenta d'ouvrir la porte pour que son père et Mme Daigle puissent porter la boîte énorme jusqu'à la fourgonnette des Fortin.

Une fois arrivés à la maison, Charles entra le premier. Il prit Biscuit, le porta dans sa chambre à l'étage et lui donna un jouet à mâchouiller.

– Nous avons de nouveaux invités, expliqua-t-il au chiot en le grattant entre les oreilles. Une fois qu'ils seront installés, tu pourras descendre pour faire leur connaissance, d'accord?

Puis Charles se dépêcha de descendre et arriva juste au moment où Rosalie et son père déposaient la très grande boîte sur le plancher du salon et en ouvraient les battants. Maggie et Max étaient libres d'explorer la maison. C'est la chienne qui sortit la première, posant avec précaution l'une de ses grosses pattes sur le tapis, puis une autre. Elle leva la tête vers Charles, se secoua, et se laissa tomber sur son derrière grassouillet. Puis, elle ouvrit la bouche affichant un grand sourire baveux et lança un gros « Ouaf! »

C'est bien ici. J'aime ça! Auriez-vous à manger pour moi et mon petit copain?

Maggie était blanche avec de grosses taches noires et brunes, des oreilles pendantes brunes et une longue et douce queue blanche.

— Eh, regardez! s'exclama Rosalie. Ses pattes sont deux fois plus grosses que celles de Biscuit, alors qu'elle est bien plus jeune.

Charles, Rosalie et le Haricot observaient Maggie

qui se remit debout et commença à faire le tour du salon, reniflant le canapé, le sapin de Noël, la table basse et la bibliothèque. Elle était très curieuse et tellement, tellement mignonne.

Le temps que le chiot arrive jusqu'au foyer, Max le chaton était à moitié sorti de la boîte. Il commença à miauler en direction de sa grande amie.

Trop loin! Trop loin! Ne me quiiiiiitte paaas!

Maggie retourna immédiatement vers la boîte en trottinant et donna un grand coup de langue à Max.

– Oh! soupira Mme Fortin. Elle s'en occupe tellement bien.

– Oh! Oh! dit le Haricot en montrant du doigt le sapin de Noël.

– Oh non!

Le chaton avait oublié sa peur. Aussitôt que Maggie avait fini de le lécher, il s'était précipité dans le salon pour l'explorer à toute vitesse. Et maintenant, sous les yeux de Charles, il était en train de grimper dans le sapin, se débarrassant au passage de toutes les décorations qui le gênaient. En un éclair, il avait atteint le sommet, près de l'étoile. Il s'arrêta et regarda en bas en entendant la voix de Charles. Le chaton écarquilla les yeux de terreur.

CHAPITRE TROIS

Oh, non! Comment ai-je fait pour monter si haut? Sauvez-moi, sauvez-moi!

Max se mit à pousser des miaulements déchirants. Avant que quiconque dans la pièce n'ait le temps de réagir, Maggie bondit, courut jusqu'au sapin et posa les pattes sur les branches du bas. Le sapin oscilla de gauche à droite, mais ne se renversa pas. Maggie aboya doucement pour encourager son ami qui descendait lentement.

C'est ça, c'est ça, mon petit gars! Encore une branche et tu seras en sécurité! Là, je fais une bonne cible. Vise la tache noire sur mon dos!

Finalement, le chaton sauta d'une branche basse pour atterrir sur le dos large de son amie.

– Génial! s'exclama Rosalie en applaudissant. Savez-vous que les saint-bernard sont de grands sauveteurs? Ils ont été entraînés à ça, là-bas dans les montagnes suisses. Quand des gens se perdaient dans le blizzard, on envoyait des saint-bernard pour les retrouver.

Rosalie savait *absolument tout* sur les chiens.

– Eh bien, Maggie est la digne fille de ses valeureux ancêtres, dit M. Fortin.

Maggie et Max défilèrent fièrement autour de la pièce plusieurs fois avant que Max saute à terre et recommence à explorer la pièce. Il fila sous le sofa, en resurgit pour filer vers le sapin, fit trois fois le tour de l'arbre, puis se renversa sur le dos et commença à jouer avec une décoration.

Tout le monde éclata de rire. Pas de doute, Max était un chaton rigolo.

Maggie observait tout cela calmement, aboyant pendant que les autres riaient.

– C'est sûr qu'il a l'air plus à l'aise maintenant, dit M. Fortin qui se précipita pour sauver une boule en verre.

– C'est un amour, déclara Mme Fortin d'un ton rêveur.

Charles et Rosalie se regardèrent et levèrent les yeux au ciel. Leur mère était en amour avec ce petit chat!

Les jours suivants, c'est *toute* la famille qui tomba sous le charme des deux animaux. Au début, Max s'était montré un peu timide avec Biscuit, mais rapidement, les deux chiots et le chat avaient appris à jouer ensemble. Charles adorait les regarder se rouler par terre et se pourchasser. Si seulement, les Fortin pouvaient garder Max et Maggie pour toujours! Mais Charles savait que cela n'était pas possible. Les Fortin étaient juste une famille d'accueil. Ils ne pouvaient pas garder tous les animaux dont ils s'occupaient! Le chaton et le chiot avaient besoin de bons foyers et la mission de Charles était de les aider à trouver le foyer idéal pour eux.

Il n'y avait qu'un seul petit problème. Mme Daigle avait dit vrai : Maggie et Max n'aimaient pas être séparés. Il suffisait qu'ils soient dans deux pièces différentes pour que Max se mette à miauler sans arrêt, et Maggie était très inquiète jusqu'à ce qu'elle le retrouve.

— Ils sont juste un peu effrayés, c'est tout, insistait Mme Fortin. Je suis sûre que si nous leur donnons assez d'amour et d'attention, ils se débrouilleront très bien seuls dans leurs nouvelles maisons.

Comme tous les autres membres de la famille Fortin, elle savait qu'il y avait peu de chance que quelqu'un accepte d'adopter un chat *et* un chiot en même temps. Maggie et Max allaient devoir apprendre à vivre l'un sans l'autre.

Charles avait très hâte de présenter ses nouveaux pensionnaires à ses amis. Il en parla à tout le monde à l'école. Il invita Sammy pour qu'il vienne les voir. Et il raconta tous les exploits de Maggie et de Max à sa « marraine! », Mme Hébert. Mme Hébert aimait beaucoup entendre parler d'eux, car elle-même avait eu un saint-bernard autrefois.

Charles aurait aimé que ses amis des louveteaux fassent la connaissance de Maggie et de Max, mais le groupe ne se réunirait pas avant plusieurs semaines. À la place, ils iraient travailler comme bénévoles au Nid.

M. Boulanger vint rendre visite aux Fortin le mardi soir après le souper pour vérifier que tout était prêt pour la visite des louveteaux au Nid le lendemain. Charles fut tout heureux de lui présenter Maggie et Max.

– Ça par exemple! s'exclama M. Boulanger.

Ses yeux s'illuminèrent à la vue du gros chiot et de son minuscule compagnon.

– Ils sont incroyables!

M. Boulanger s'assit sur le plancher et serra Maggie dans ses bras. Maggie lui lécha immédiatement le visage.

Tu es un homme très, très gentil. Veux-tu être mon ami?

À l'aide de ses petites griffes pointues, Max grimpa sur les genoux de M. Boulanger pour réclamer un peu d'attention à son tour.

Moi, moi! Joue avec moi!

Le directeur du Nid éclata d'un grand rire sonore.

– Les deux font la paire!

– Ils sont disponibles! dit Rosalie.

– Vous ne voudriez pas les adopter? demanda Charles.

Le jeune garçon pensait que M. Boulanger ferait un maître parfait. Il était clair qu'il aimait à la fois les chats et les chiens.

— J'aimerais beaucoup, répondit M. Boulanger. Ça me manque de ne pas avoir de chat. On en avait un avant au Nid, une grande chatte rousse aux yeux les plus verts que j'ai jamais vus. Elle s'appelait Esmeralda. Mais l'une des familles l'adorait et je les ai laissés l'emmener quand ils ont quitté le refuge.

— Alors? dit Charles. Ça veut dire que vous avez besoin d'un chat!

— Peut-être.

Max poussait sa petite tête contre le menton de M. Boulanger, ce qui fit rire de nouveau le directeur.

— Mais un chat, c'est une chose. Un chaton tannant *plus* un immense chiot, c'est autre chose. Je suis très occupé au Nid, et je n'ai certainement pas le temps de m'occuper de deux animaux.

Il réfléchit un moment.

— Mais vous savez quoi?

Charles s'approcha pour caresser Maggie.

— Quoi? demanda le garçon.

— Peut-être qu'ils pourraient venir avec vous demain soir. Nous avons une salle de jeux au Nid pour les enfants. Ils s'y précipitent dès qu'ils ont la permission de sortir de table alors que leurs parents sont encore en train de souper. Nous n'avons pas de télé – nous n'en avons pas les moyens et de toute façon, nous n'en voulons pas. Mais parfois, les enfants en ont assez de toujours faire des casse-tête ou de jouer aux dames.

– Ils ne s'ennuieraient pas avec Maggie et Max! s'écria Charles. C'est certain!

– Eh bien, dit Mme Fortin, c'est bien beau tout ça, mais nous serons tous occupés à servir le souper, n'est-ce pas? Alors qui va prendre soin de la chienne et du chaton?

– Pas de problème, maman, intervint Rosalie. Je viendrai avec vous et je surveillerai Maggie et Max.

Rosalie était prête à tout pour aider les petits pensionnaires qu'ils accueillaient.

– Alors, c'est réglé, conclut M. Boulanger avec un large sourire. On se voit demain.

CHAPITRE QUATRE

– C'était la nuit avant Noël, commença Sammy, un peu avant minuit,

– À l'heure où tout est calme, même les souris, continua Charles.

Ce vers-là, il le connaissait, il était sûr de lui. Le jeune garçon avait eu la brillante idée de présenter *La Nuit avant Noël* pour le spectacle du réveillon au Nid. C'était un poème classique que tout le monde avait déjà entendu un million de fois. L'apprendre par cœur allait être du gâteau. Surtout s'ils le faisaient à deux, Sammy et lui, récitant un vers chacun à son tour. Comme cela, Charles n'aurait à mémoriser que la *moitié* du poème! Mieux encore, il n'aurait que cette moitié à *présenter* devant tout le monde. Et au lieu d'être seul en scène, il serait accompagné de son meilleur ami. Le supplice ne devrait pas durer plus de cinq minutes.

Les deux amis répétaient dans la fourgonnette des Fortin alors qu'ils étaient en route vers le Nid. On était mercredi, et les louveteaux allaient aider à servir le souper pour la première fois. Charles était un peu nerveux à l'idée de rencontrer tant de nouvelles personnes. Enfin, au moins, il n'aurait pas à réciter son poème ce *soir*.

C'était M. Fortin qui conduisait la fourgonnette. Derrière eux, dans l'auto rouge des Fortin, il y avait Mme Fortin, Rosalie, Maggie et Max. Le Haricot était resté à la maison avec Stéphanie, sa gardienne préférée, qui lui apportait toujours des « biscuits pour chiens » (des biscuits aux flocons d'avoine en forme d'os) comme friandises.

Charles savait que les enfants du Nid allaient adorer Maggie, si douce, et Max, si coquin. Il était presque un peu jaloux en pensant aux enfants qui allaient jouer avec ses petits pensionnaires à lui. Mais il en avait beaucoup parlé avec sa mère. Il savait que Maggie et Max allait rendre les enfants du Nid très heureux; que Maggie et Max seraient contents de rencontrer d'autres personnes et enfin, que c'était bon pour eux de s'habituer à de nouveaux endroits. Charles savait que sa mère avait raison. Pourtant, d'une certaine façon, il préférait ne pas *voir* Maggie en train de lécher les joues d'autres enfants ou Max en train d'escalader les épaules de quelqu'un d'autre. Heureusement, ce soir, il serait trop occupé à servir le souper et à faire la vaisselle pour aller dans la salle de jeux.

Charles sentit quelque chose s'enfoncer dans ses côtes. C'était le coude de Sammy.

– Allez Charles! dit Sammy. À ton tour.

Sammy répéta ce qu'il venait de dire :

– On avait pendu nos bas devant la cheminée...

– Pour que le père Noël...

Charles avait complètement oublié ce vers-là.

– ... soit sûr de les trouver? demanda le jeune garçon en se grattant la tête.

Sammy secoua la tête, déçu.

– Pour que le père Noël les trouve dès son arrivée! récita-t-il.

– Ah, OK.

Charles se rendait compte qu'il n'aimait pas ce poème tant que ça finalement. C'était un poème pour les bébés!

– Ça y est, on est arrivés, dit-il pour changer de sujet.

M. Fortin venait juste de se stationner devant une grande maison jaune, assez grande pour contenir *deux* maisons comme celle des Fortin. Sur une pancarte à côté de la porte d'entrée, il était écrit : BIENVENUE AU NID. Le porche était décoré avec des guirlandes lumineuses et une grosse couronne.

Avant même que Charles ait le temps de frapper à la porte, celle-ci s'ouvrit toute grande. M. Boulanger était sur le seuil, souriant et riant de son gros rire. Il mugit :

— ~~Bienvenue,~~ bienvenue! et leur fit signe d'entrer.

Charles ne put s'empêcher de remarquer que le gros ventre de M. Boulanger tressautait un peu quand il riait.

« Sautait quand il riait, comme un petit ballon », pensa le garçon, se rappelant un vers du poème qu'il tentait d'apprendre. Bien sûr, c'est au père Noël que M. Boulanger lui faisait penser!

— Vous arrivez juste à temps! dit M. Boulanger aux louveteaux qui entraient. Les boulettes de viande mijotent, les spaghettis sont presque prêts et mon pain à l'ail maison est dans le four.

Charles prit une grande inspiration. Il eut aussitôt l'eau à la bouche. L'odeur de la sauce tomate lui ouvrait toujours l'appétit.

– Ah! et voilà nos petits compagnons à quatre pattes.

M. Boulanger sourit et fit un signe de la main en direction de Mme Fortin et de Rosalie qui marchaient dans l'allée. Mme Fortin portait Max, emmailloté dans son écharpe rouge préférée et Maggie trottinait à côté de Rosalie, montrant comme elle savait bien marcher en laisse. M. Boulanger rit de nouveau et frappa dans ses mains.

– Merveilleux, déclara-t-il. Ces deux-là vont être l'attraction de la soirée.

Le directeur du Nid se tourna vers une femme aux cheveux gris assise à la réception.

– Miranda, voulez-vous bien montrer la salle de jeux à Rosalie et à nos invités à quatre pattes?

– Avec plaisir, répondit Miranda. Ils sont tellement mignons. J'adore les chats, mais malheureusement, je ne peux pas en avoir, car je suis allergique.

Charles voulait donner une dernière caresse à Maggie et Max, mais avant qu'il s'en rende compte, Miranda avait déjà entraîné Rosalie, le chiot et le chaton dans le couloir tout en continuant à parler.

M. Boulanger fit rapidement visiter le refuge aux

louveteaux.

– Ici, il y a nos bureaux, ici, c'est la salle où les enfants font leurs devoirs, et là, c'est la pièce où nous rangeons les couvertures, les vêtements et toutes les autres choses dont les familles pourraient avoir besoin quand elles viennent s'installer chez nous.

Il montra un long couloir.

– Et par là, il y a les chambres dans lesquelles les familles vivent et dorment, et ici, ajouta-t-il, il y a la salle à manger où nous prenons les repas ensemble.

M. Boulanger ouvrit à la volée les deux grandes portes. Charles aperçut une grande salle à manger, qui ressemblait plus à un restaurant qu'à une cafétéria. L'odeur de la sauce tomate était plus forte que jamais. Les gens étaient déjà assis à table : des mères, des pères et des enfants de tous les âges. M. Boulanger salua les familles avec un geste de la main, puis conduisit les louveteaux dans la cuisine.

– Venez que je vous présente l'homme chargé de tout ça, dit-il en s'approchant d'un homme en train de remuer un grand chaudron de sauce. Voici nos aides pour ce soir, annonça-t-il. Chers louveteaux, voici Daniel. Daniel, je te présente les louveteaux.

– Excellent. J'ai toujours besoin de bons assistants,

dit Daniel avec un grand sourire. Bienvenue à bord.

Charles aima tout de suite Daniel. Il ressemblait à un joueur de basket, grand, mince et musclé.

Daniel posa sur la tête de chacun des louveteaux une toque de cuisinier en papier blanc.

— Très bien, messieurs, dit-il, maintenant à vos postes!

Charles se dit que cela allait être amusant d'être de l'autre côté de la file de la cafétéria. À l'école, c'était lui qui poussait son cabaret et se faisait servir par les cuisiniers. Là, c'est *lui* qui allait servir les autres. Chaque louveteau allait être en charge d'un plat. Charles fut ravi quand Daniel lui indiqua son poste : Danny et lui allaient servir les boulettes de viande!

— Heureusement qu'on ne doit pas servir les haricots verts, murmura Sammy. Je *déteste* les haricots verts.

Charles n'avait rien contre les haricots verts, mais il préférait de loin les boulettes de viande. Il se rendait compte qu'il aurait dû souper avant de venir. Toutes ces odeurs délicieuses lui mettaient l'eau à la bouche!

Mais il oublia complètement son estomac vide dès qu'il commença à travailler.

– Deux boulettes de viande par personne pour commencer, leur avait dit Daniel. On en aura peut-être assez pour un deuxième service, mais nous ne le saurons que lorsque tout le monde aura été servi une fois.

C'était agréable de servir les gens. Charles remarqua que tout le monde souriait en voyant les boulettes de viande. Quand Sammy ou lui ajoutait deux boulettes de viande au sommet de la montagne de spaghettis à la sauce tomate que les louveteaux avant eux avaient servis, les gens leur disaient « merci » en ayant l'air *vraiment* sincères. Une seule personne refusa les boulettes.

– Je suis végétarienne, expliqua une fillette à peu près de l'âge de Charles. Je ne mange pas de viande. Mais merci quand même.

Charles donna l'une des boulettes à la mère de la fillette et la seconde à son petit frère.

Finalement, tout le monde fut servi. La salle à manger résonnait de bruits de fourchettes et de conversations joyeuses. Charles remarqua que plusieurs enfants se dépêchaient de finir leur repas et demandaient à leurs parents s'ils pouvaient sortir de table et quitter la pièce. Charles savait très bien où *ils* allaient tous.

— Je parie que la chienne et le chaton sont déjà bien entourés, dit Daniel qui arrivait derrière Charles avec un autre chaudron de boulettes.

C'était comme si le cuisinier avait lu dans les pensées de Charles.

— J'ai entendu parler des deux petits invités que vous nous avez emmenés. J'ai très hâte de faire leur connaissance! J'aimerais tellement adopter un chien, mais malheureusement, les chiens ne sont pas acceptés là où je vis.

Un quart d'heure plus tard, après que Charles et Sammy avaient servi quelques retardataires, Daniel revint voir les deux amis.

— Bon travail, les gars, dit-il. Je parie que vous aussi, vous avez une petite faim. Allez-y, servez-vous. Je vous rejoins dans la salle à manger dans une minute.

Charles venait juste de planter sa fourchette dans la plus grosse et la plus appétissante boulette qu'il ait jamais vue quand Rosalie apparut à la porte de la salle à manger. Charles vit que Maggie était avec elle, mais où était Max? Un petit garçon, le petit frère de la jeune fille végétarienne, aidait à tenir la laisse.

Maggie gémissait et Charles pensa qu'elle avait l'air, eh bien, *inquiète*..., il n'y avait pas d'autre mot.

– Papa, maman! cria Rosalie. Max a disparu!

CHAPITRE CINQ

– Disparu?

Mme Fortin se leva en repoussant brusquement sa chaise. Toute la salle devint silencieuse. Tout le monde regardait en direction de Rosalie, Maggie et du petit garçon.

– Ça va! Ça va! dit M. Fortin en se levant à son tour. Ne vous inquiétez pas, Maggie va le retrouver!

Charles ne savait pas si son père s'adressait à Rosalie ou bien aux gens dans la pièce, mais cela fonctionna. Rosalie hocha la tête et essaya de sourire tandis que les personnes dans la salle retournaient à leurs spaghettis et à leurs conversations.

Mais pas Charles et Sammy. Après un dernier regard de regret vers ses boulettes, Charles se leva et se dirigea vers la porte, son meilleur ami sur les talons. Si Max s'était perdu, ils devaient participer aux recherches, *même* s'ils avaient une faim de loup!

Après tout, Max n'était qu'un minuscule petit chaton qui avait besoin d'aide.

– Où l'as-tu vu pour la dernière fois? demanda Mme Fortin à Rosalie pendant que l'équipe de recherche – Rosalie, Charles, leurs parents, Sammy, le petit garçon et bien sûr, Maggie – couraient dans le couloir en direction de la salle de jeux.

– Par où penses-tu qu'il a pu aller? As-tu essayé de demander à Maggie de le chercher? questionna Mme Fortin.

– En fait, dit le petit garçon d'une voix très sérieuse, nous ne faisions plus attention à lui depuis plusieurs minutes. Rosalie nous montrait comment apprendre à Maggie à donner la patte.

Mme Fortin sourit au petit garçon.

– Quel est ton nom? demanda-t-elle.

– Je m'appelle Léonard.

Léonard était très jeune, il devait avoir cinq ans tout au plus. Mais quand il parlait, il avait l'air plus âgé. Charles trouvait qu'il avait vraiment un bon vocabulaire pour un enfant en maternelle. Il sourit à Léonard, mais Léonard ne lui rendit pas son sourire. À la place, le petit garçon se mordit les lèvres comme s'il allait pleurer.

– Ne t'inquiète pas, le rassura Charles. Nous allons retrouver Max.

Juste à ce moment-là, M. Boulanger arriva.

– J'ai entendu dire qu'un de nos invités avait disparu.

Pour une fois, le directeur du Nid ne riait pas.

Léonard hocha la tête.

– Max s'est enfui! Nous devons le retrouver. C'est le chaton le plus intelligent du monde. Je l'aime tellement. Il est si drôle! éclata Léonard

– Écoute, dit M. Boulanger en s'agenouillant pour regarder Léonard dans les yeux. Je suis sûr que personne ne l'a laissé sortir et le Nid n'est pas *si* grand que ça. Ne t'inquiète pas, Léonard. Je suis sûr que nous allons le retrouver.

Il se releva et secoua la tête.

– Pauvre chaton. J'espère qu'il n'a pas trop peur. C'est drôle, je me disais justement que je pourrais peut-être l'adopter finalement. Enfin, s'il peut être séparé de sa grande amie, bien sûr.

M. Boulanger se pencha pour caresser Maggie.

Le visage de Léonard s'éclaira en entendant cela, et Charles et Rosalie échangèrent un sourire. Excellent! Peut-être avait-il déjà trouvé une maison pour un de leurs pensionnaires. Puis leur sourire à tous deux s'effaça. Avant de penser à trouver un foyer à Max, il fallait le retrouver.

À ce moment-là, Maggie s'arrêta tout net. Elle dressa les oreilles et raidit la queue. Elle renifla et pencha la tête comme pour écouter quelque chose. Puis elle renifla de nouveau et commença à gémir.

Mon ami! Il est tout près! Je reconnais cette odeur. Je reconnais ce bruit. Suivez-moi! Nous devons retrouver ce petit chat, tout de suite!

Maggie tira sur sa laisse, entraînant Rosalie derrière elle. La chienne se précipita dans un couloir, tourna un coin et continua dans un autre couloir. Tout en courant, elle aboyait et gémissait. Léonard attrapa la main de Charles et le tira. Tout le monde se mit à courir. Puis, après un dernier dérapage, la chienne s'arrêta devant une porte fermée. L'équipe de recherche au complet se rassembla autour d'elle.

– C'est notre chambre! dit Léonard à Charles. C'est là que nous dormons, mon papa, ma maman, mes sœurs et moi.

M. Boulanger frappa à la porte. Personne ne

répondit. Maggie aboya et gémit de plus belle.

Il est à l'intérieur! Mon petit ami est là-dedans! Il faut entrer! Il faut entrer!

M. Boulanger frappa de nouveau à la porte. Pas de réponse. Tout le monde soupira de déception.

— Que se passe-t-il? demanda une femme qui arrivait derrière eux dans le couloir.

— Maman! dit Léonard. Je pense que Max est dans notre chambre!

La mère de Léonard haussa un sourcil, mais elle ne posa aucune question. Elle s'avança simplement pour ouvrir la porte.

— Je suis venue il y a quelques minutes pour prendre un chandail, dit-elle. Je l'aurais remarqué s'il y avait eu un chaton dans la chambre, non?

Maggie la poussa pour entrer. Elle courut droit vers une grande commode placée contre un mur. La chienne bondit, posa les deux pattes sur le tiroir du haut et aboya.

Là-dedans! Là-dedans! Mon cher ami est coincé là-dedans! Quelqu'un doit l'aider!

La mère de Léonard regardait Maggie.

– Ça alors! dit-elle. C'est le tiroir dans lequel j'ai pris mon chandail. Qu'est-ce que ça veut dire?

Elle ouvrit le tiroir et Max en sortit d'un bond. Le minuscule petit chaton noir et blanc miaulait de toutes ses forces.

Il était temps! C'était tout noir là-dedans! J'avais peur!

– Max! Max! cria Léonard.

Maggie était déjà occupée à lécher son petit compagnon. Léonard se pencha et fit un câlin aux deux animaux en même temps.

La mère de Léonard secoua la tête.

– Il a dû sauter là-dedans quand j'avais le dos tourné.

– Heureusement, Maggie savait exactement où il était. C'est une vraie héroïne, déclara Léonard.

Maintenant, c'était Maggie qui faisait un câlin au petit garçon. Léonard avait l'air tellement heureux, blotti contre la chienne et le chaton.

– Oui, aucun doute, acquiesça Charles. Elle a déjà réussi deux sauvetages.

Il raconta à Léonard et à sa mère comment Maggie avait aidé Max à descendre du sapin de Noël.

Pendant que Léonard donnait encore quelques caresses à Maggie, Charles regarda la chambre autour de lui. Il y avait des lits superposés contre un mur et un grand lit, pour les parents de Léonard, le long d'un autre mur. Le reste de l'ameublement consistait en deux commodes, un fauteuil et une petite table.

Charles essaya d'imaginer ce que l'on pouvait ressentir quand on avait perdu sa maison et que toute la famille devait vivre dans une seule petite pièce. Cela ne devait pas être facile. Mais avec un animal de compagnie à câliner, se dit-il, on devait se sentir un peu plus comme à la maison.

CHAPITRE SIX

– Tous les enfants *ont adoré* Max et Maggie.

Plus tard dans la soirée, Rosalie racontait à son frère comment ça s'était passé dans la salle de jeux.

– Ils disaient que Maggie était tellement énorme, et tellement douce, et gentille. Ils voulaient tous la serrer dans leurs bras pour l'embrasser et elle, elle les laissait faire. Elle est si patiente et si calme.

Rosalie gratta les oreilles de la chienne et lui fit un câlin.

– N'est-ce pas, Maggie?

Mmm, j'aime donner des becs et faire des câlins! Plus il y en a, mieux c'est! Et J'ADORE que l'on me gratte les oreilles!

Puis Rosalie regarda Max, qui jouait avec une boule de poussière, comme si c'était une petite souris. Il la traquait, en agitant la queue, puis bondissait. Quand la boule de poussière fut anéantie, Max miaula de fierté.

Je suis un chasseur redoutable! Prenez garde à vous!

— Et ils ont aimé Max parce qu'il est drôle et qu'il joue tout le temps. Il les faisait beaucoup rire, enfin jusqu'à ce qu'il disparaisse!

Comme Max avait fini de jouer avec la boule de poussière, il commença à s'attaquer au ruban de Noël rouge que Charles balançait devant lui.

— Ce serait génial s'ils pouvaient vivre tous les deux au Nid, mais M. Boulanger a dit que ce n'était pas possible, dit Charles à sa sœur.

Il tira le ruban sur le plancher, et Max se précipita dessus, donnant des petits coups de pattes aux boucles.

— Il a dit que Max pourrait peut-être rester au Nid, mais seulement s'il pouvait être séparé de Maggie.

— Ça, c'est le grand problème, dit Rosalie. Ils s'entendent tellement bien. Ils détestent être séparés.

Max s'était lassé du ruban. Il trottina vers Maggie, se roula en boule contre son ventre et ferma les yeux pour faire une petite sieste.

Charles se rappela ce que sa mère avait dit le jour où Max et Maggie était arrivés, que tous les deux étaient sans doute un peu effrayés et qu'ils avaient besoin de beaucoup d'amour et d'attention.

— Peut-être que nous devons simplement leur montrer que chacun peut être heureux et en sécurité tout seul, dit-il. Ils ont tellement l'habitude d'être ensemble, ils ne connaissent rien d'autre. Mais nous pouvons leur apprendre.

— Bonne idée! s'exclama Rosalie comme si elle était surprise qu'une autre personne qu'elle soit capable d'avoir de bonnes idées. Mais comment?

Charles jeta un coup d'œil à Maggie et Max, blottis l'un contre l'autre. Ils avaient l'air tellement bien.

— Eh bien, je pourrais prendre Maggie dans ma chambre ce soir et toi, tu prendrais Max. Qu'en penses-tu? Ils ne seraient pas trop loin l'un de l'autre et nous donnerions à chacun beaucoup d'attention. Ce serait un bon début.

Rosalie hocha la tête.

— O.K., mais pourquoi est-ce que c'est toi qui choisis

quel animal va dans quelle chambre? Et si je préfère avoir Maggie?

– C'est mon idée! C'est moi qui choisis!

Charles savait que Rosalie aurait aimé avoir eu cette idée la première. Dormir avec Maggie ou avec Max lui était égal mais maintenant, il n'avait pas l'intention de changer d'avis.

– Et que fait-on de Biscuit? demanda Rosalie.

– Il dort déjà dans la chambre du Haricot, lui répondit Charles. Il est bien avec lui.

En général, Charles était jaloux quand Biscuit dormait dans la chambre de son petit frère. Mais ce soir, c'était parfait.

Charles prit dans ses bras une Maggie tout endormie, et Rosalie ramassa Max. Ils se dirigèrent vers les escaliers.

– Bonne nuit! dit Charles à ses parents qui lisaient à côté du foyer dans le salon.

– Bonne nuit? répéta sa mère en levant les yeux de son livre. Vous voulez dire que je ne vais pas devoir vous répéter dix fois qu'il est l'heure d'aller au lit?

Elle fit signe à Rosalie d'avancer pour pouvoir donner une dernière caresse à Max et lui faire un bisou. Elle aimait vraiment beaucoup ce chaton.

– Nous sommes très sages pour que le père Noël nous apporte plein de cadeaux, dit Rosalie.

Son père haussa un sourcil.

À l'étage, Rosalie s'arrêta devant la porte de sa chambre. Elle prit la patte de Max et l'agita en signe d'au revoir.

– Bonne nuit, Maggie! dit-elle en imitant un miaulement.

– Bonne nuit, Max, répondit Charles d'une grosse voix de chien et en agitant en retour la patte de Maggie. Dors bien, mon petit ami.

Après avoir mis son pyjama, Charles grimpa dans son lit. Maggie avait l'air tout à fait heureuse, roulée en boule aux pieds du petit garçon. Mais juste au moment où Charles commençait à s'endormir, la chienne bondit sur ses pattes et poussa un petit « ouaf! »

– Quoi? demanda Charles à moitié endormi.

Il tendit le bras pour caresser Maggie.

– Tout va bien, lui dit-il. Rendors-toi.

Mais Maggie ne se rendormit pas. Elle aboya de nouveau.

Comment pourrais-je dormir? Mon ami a besoin de moi. Je l'entends pleurer!

Charles s'assit dans son lit et écouta. Il entendit un faible miaulement qui venait de la chambre de Rosalie. On aurait presque dit que Max appelait Maggie par son nom.

Maggiiiiiiiie! Maggiiiiiiiie!

Alors, c'était ça! Max appelait son amie. Mais Charles savait que Max était en sécurité avec Rosalie.

– Tout va bien, dit-il de nouveau en serrant Maggie contre lui. Il est temps de dormir. Ton ami va bien.

Charles parla avec la même voix douce que son père utilisait quand il se réveillait à cause d'un cauchemar. Charles savait que Rosalie était sans doute en train de faire la même chose dans *sa* chambre avec Max.

Ce fut une longue nuit agitée. Maggie bondit souvent, mais à chaque fois, Charles la caressa, lui fit un câlin et lui dit que tout allait bien. Quand son réveil Snoopy sonna le lendemain matin, Charles s'étira et bâilla. Puis il regarda au pied de son lit et vit Maggie roulée en boule profondément endormie. Enfin!

Cela prit encore deux autres nuits et beaucoup d'exercices dans la journée pour que Max et Maggie s'habituent à être séparés. Mais, finalement, toute la famille Fortin décida que Max était prêt à voler de ses propres ailes. Le samedi matin, le chaton était capable de jouer, manger et dormir même quand Maggie n'était pas là, et Maggie n'avait plus l'air aussi inquiète pour son petit compagnon. Max et Maggie avaient compris que c'était correct d'être seul et cela voulait dire que Max était prêt pour sa nouvelle maison, au Nid.

Ce jour-là, Mme Fortin conduisit Charles et Max au Nid.

– Je vous apporte Max! dit Charles en donnant le sac de transport pour chats à M. Boulanger. Prenez bien soin de lui.

– Je le ferai, je te le promets, dit M. Boulanger. C'est merveilleux. Les enfants vont être tellement heureux d'avoir un chaton.

Mme Fortin avait l'air un peu triste sur le chemin du retour.

– C'est sûr que c'était sympa d'avoir un chat, dit-elle. Ce chaton va me manquer.

Maggie devait ressentir la même chose. Tout

d'abord, elle inspecta toutes les pièces de la maison à la recherche de Max. Puis, elle eut l'air de comprendre que cette fois, le chaton n'était pas dans la pièce à côté. Il était vraiment parti. Maggie passa le reste de la journée couchée au pied du sapin de Noël, la tête posée sur ses pattes, en poussant de gros soupirs et en regardant les Fortin avec ses yeux bruns et tristes. Il était clair que Maggie avait le cœur gros.

CHAPITRE SEPT

– Je n'en crus pas mes yeux quand apparurent au loin un traîneau et huit rennes pas plus gros que le poing!

Après avoir dit son vers, Sammy attendit que Charles récite le sien.

Il attendit une bonne minute.

Charles réfléchissait.

– Pourquoi dit-on que les rennes ne sont pas plus *gros* que le poing? demanda-t-il. S'ils sont si petits, comment peuvent-ils tirer le traîneau du père Noël? Est-ce que le *traîneau* est minuscule, lui aussi? Mais ce n'est pas possible, il est plein de cadeaux pour les enfants du monde entier!

– Charles, dit Sammy, c'est juste un poème.

Il fit un câlin à Maggie.

– Dis-lui, toi Maggie, qu'il a juste besoin de réciter le vers suivant.

Les garçons étaient chez Charles et répétaient pour leur spectacle. Maggie était toujours déprimée et Biscuit essayait de lui remonter le moral en roulant sur le dos et en lui donnant des petits coups sur le menton avec ses pattes, comme Max le faisait toujours. Mais Biscuit n'était pas Max et Maggie le savait. Max était parti et rien ni personne ne pouvait le remplacer. La chienne poussa un autre de ses gros soupirs et retourna se coucher près du sapin de Noël.

Charles n'arrivait pas à dire son vers parce qu'il ne s'en souvenait pas. Et, pire encore, il savait que les vers les plus difficiles étaient à venir, ceux dans lesquels le père Noël appelait ses rennes par leurs noms. Même en travaillant très fort, il oubliait ou écorchait toujours un nom. Tornade et Danseur, il arrivait à s'en souvenir. Mais après, il était tout mêlé. Comète? Cupidon? Quelle idée d'appeler des rennes comme ça!

– Tu sais quoi, Sammy?

– Quoi?

– Je n'aime vraiment pas ce poème.

Charles enfouit son visage dans le cou de Biscuit et sa douce fourrure.

— Peut-être que nous devrions faire autre chose pour le spectacle du Nid. Ce poème-là, il ne marche pas.

Sammy haussa les épaules

— Je suis d'accord pour changer, dit-il. Mais alors, à toi de trouver une nouvelle idée.

— Peut-être qu'on pourrait juste chanter *Petit papa Noël* ou quelque chose comme ça, proposa Charles.

Il savait que c'était une idée stupide, mais pour l'instant, il n'en avait pas d'autre.

Sammy leva les yeux au ciel.

— Tu peux trouver mieux que *ça*.

Le garçon s'approcha de Maggie pour lui faire un câlin, mais la chienne s'échappa de ses bras et courut vers la porte d'entrée en poussant un gros « ouaf » et en agitant sa grande queue.

Tu es revenu! Oh, mon ami. Je suis tellement contente que tu sois de retour! Tu m'as tellement manqué!

Sammy regarda Charles. Charles regarda Sammy. Que se passait-il?

Puis on entendit la sonnette de la porte d'entrée.

— Peux-tu aller ouvrir, Charles? cria Mme Fortin de la cuisine.

Charles se dirigeait déjà vers la porte, Biscuit à ses côtés. Sammy attrapa Maggie par son collier pour la retenir pendant que Charles ouvrait la porte. Dehors, sur le porche, se tenait M. Boulanger avec un sac de transport pour chats. Il n'avait pas l'air de très bonne humeur.

– M. Boulanger! s'exclama Charles.

– Bonjour Charles, répondit M. Boulanger. Peux-tu deviner pourquoi je suis ici?

Pendant ce temps, Maggie avait réussi à échapper à Sammy. Elle avait posé ses deux grosses pattes sur le sac de transport. Elle agitait la queue et aboyait doucement. Charles entendit de petits miaulements heureux provenant du sac. Il reconnut la voix. C'était celle de Max.

Hourraaaa! Hourraaaa! Je suis revenu et je vais rester!

– Que s'est-il passé? demanda Charles.

– Disons simplement que ça n'a pas marché, répondit M. Boulanger.

Tout en essuyant ses mains sur un torchon de cuisine, Mme Fortin les rejoignit dans l'entrée.

– Oh, ça alors! dit-elle.

Elle prit le sac des mains de M. Boulanger et s'agenouilla pour l'ouvrir.

– Bonjour, mon mignon!

Mme Fortin tendit le bras pour attraper le chat, mais celui-ci passa devant elle et se précipita vers Maggie. Il s'enroula autour des pattes de Maggie. Il ronronna si fort que tout le monde pouvait l'entendre. Il frotta le haut de sa tête contre le menton de la chienne. Le saint-bernard agita la queue, poussa quelques petits aboiements et donna des grands coups de langue heureux au petit Max.

– C'est la première fois qu'il arrête de miauler depuis que vous me l'avez apporté samedi dernier, dit M. Boulanger. Il pleurait pour voir sa grande amie. Léonard et les autres enfants ont tout essayé pour le distraire, mais rien ne fonctionnait. Il ne voulait pas jouer avec la ficelle, ni pourchasser le jouet en forme de souris, ni même manger des friandises pour chat. Il ignorait les enfants et marchait de long en large en pleurant. Je suppose que Maggie lui manquait trop.

Il secoua la tête.

– C'est dommage. Les enfants ont le cœur brisé. Ils adoraient ce petit chaton.

— Je les comprends, répliqua Mme Fortin.

— Peut-être que vous devriez adopter Maggie aussi! s'exclama soudain Charles qui espérait toujours que M. Boulanger change d'avis là-dessus.

Mais le directeur du Nid secoua la tête.

— Je ne vois vraiment pas comment je pourrais m'occuper d'un chiot *en plus* d'un chaton. Mais je sais que tout le monde serait très, très content si vous les emmeniez de nouveau cette semaine pour une petite visite.

— Avec plaisir, répondit Mme Fortin.

— Hé! Charles, continua M. Boulanger, peut-être pourrais-tu travailler dans la salle de jeux plutôt que dans la salle à manger cette fois, qu'en penses-tu? Tu pourrais aider Béatrice, notre coordonnatrice de la salle de jeux. Elle m'a dit que Léonard avait demandé que ce soit toi qui viennes. Il a dit, voyons, ah oui, que tu étais « un gars vraiment cool ».

— Ah! grogna Sammy.

Charles regarda son ami.

— Tu es jaloux, c'est tout, dit-il. C'est parce que tu vas servir des boulettes de viande tandis que je serai avec Maggie, Max et les enfants.

Secrètement, Charles se sentait flatté que Léonard pense qu'il était un gars vraiment cool. Mais le penserait-il encore si Charles n'arrivait pas à se rappeler son poème pour le spectacle de Noël?

CHAPITRE HUIT

– Charles! Charles!

Tout excité, Léonard sauta sur Charles à la seconde où le garçon pénétra dans la salle de jeux du Nid.

– Tu ne devineras jamais! J'ai fait un dessin de Maggie et de Max.

Avant même que Charles puisse dire bonjour à Béatrice, Léonard l'avait pris par la main et le tirait vers un grand bloc de papier.

– Tu vois? C'est Maggie. C'est au moment où elle découvre Max dans la commode de maman.

Charles regarda le gribouillage jaune et rouge en essayant de comprendre ce que c'était.

– Ah oui, bien sûr, dit-il. Là, c'est Maggie, c'est ça?

Léonard rit.

– Non, idiot! C'est maman. Maggie est là, ajouta-t-il en désignant une vague forme verte.

Maintenant, Charles voyait que le gribouillis avait

une sorte de queue.

– Super dessin, Léonard!

– Tu dois être Charles.

Béatrice s'avança pour le saluer.

– J'ai beaucoup entendu parler de toi et, bien sûr, j'ai rencontré ta sœur Rosalie la semaine dernière. Bienvenue!

Charles lui sourit, mais Léonard le tirait encore par la main.

– Où *est* Maggie? demanda Léonard. Et où est Max? Ils ne viennent pas? Je croyais qu'ils venaient ce soir!

– Ils s'en viennent! Ils s'en viennent.

Charles était venu avec son père et les louveteaux tandis que Maggie et Max avaient monté dans l'auto de Mme Fortin.

– En fait, continua Charles, je crois que je les ai entendus.

– Oui! hurla Léonard en se précipitant vers la porte.

– Léonard, pense à parler plus doucement, lui dit Béatrice. Max et Maggie auront peur si tu cries trop fort.

Elle se tourna vers Charles.

— Il est tellement excité qu'il a mangé son souper plus tôt pour pouvoir être là à l'arrivée de Max et Maggie. Moi aussi, j'ai hâte de les revoir. On ne s'était pas autant amusés depuis que Coco Lapin était venu nous rendre visite à Pâques. Nous les aimons tellement tous les deux.

Elle fronça les sourcils.

— C'est tellement dommage que ça n'ait pas marché avec Max. Son amie lui manquait trop!

— Je sais, dit Charles. Il manquait aussi beaucoup à Maggie. Elle était vraiment triste sans lui. Je suppose que nous devons continuer à les habituer à vivre l'un sans l'autre.

Béatrice laissa échapper un *tss tss*.

— Si seulement ils pouvaient trouver un foyer ensemble, dit-elle. J'aimerais beaucoup les avoir tous les deux, mais j'ai déjà beaucoup de travail avec les enfants. Je ne peux pas m'occuper de deux animaux en plus.

— Les voilà! cria Léonard.

Maggie arrivait en galopant, en tirant Mme Fortin derrière elle. La mère de Charles essayait de ne pas lâcher la laisse de la chienne, pendant que Max escaladait son manteau pour se percher sur son épaule.

– Ferme la porte, Léonard! dit Béatrice. Ce sera plus sécuritaire.

Léonard claqua la porte et courut prendre Maggie dans ses bras.

– Bonjour Béatrice.

Mme Fortin décrocha les griffes de Max du col de son manteau et tendit le chaton à son fils.

– Surveille-le bien celui-là, lui dit-elle. Je vais aider à servir le souper. Je reviens tantôt.

Dès que Charles posa Max par terre, le chaton rejoignit Maggie et Léonard en trottinant.

– Regarde Léonard, murmura Béatrice à Charles. Regarde comme il est heureux!

Elle avait raison. Charles vit le grand sourire de Léonard s'agrandir encore tandis qu'il flattait d'abord Maggie, puis Max. La petite chienne et le chaton avaient l'air heureux eux aussi. Ils étaient ensemble et recevaient plein de caresses. Les aboiements de Maggie et les miaulements de Max formaient un doux duo.

Maggie roula sur le dos.

Ça, c'est la belle vie! Frotte-moi encore un peu le

ventre, d'accord? Et que dirais-tu d'un autre bec? Ou bien de me gratter les oreilles? Et n'oublie pas de t'occuper de mon petit compagnon également!

Max roula sur le dos comme Maggie et frappa Léonard de ses petites pattes.

Ouiiii! Caresse-moi!

Quelques minutes plus tard, d'autres enfants arrivèrent. Tous se précipitèrent pour voir Maggie et Max.

– Je veux faire marcher Maggie en laisse! dit une petite fille.

– Je veux jouer avec Max! dit une autre.

Charles reconnut la sœur de Léonard qu'il avait vue la semaine précédente.

Tout d'un coup, Max et Maggie furent entourés d'enfants.

C'était trop pour le petit chaton. Il fila entre les jambes d'un garçon et courut vers Charles, les yeux agrandis par la peur.

Hiiii! Aide-moi!

Charles ramassa le chaton. Puis Maggie accourut pour être près de son ami. Elle appuya son grand corps contre les jambes de Charles.

Il y a trop de monde ici! Quelqu'un vient de mettre son doigt dans mon oreille! Mon petit compagnon risque d'être blessé!

Charles regarda Béatrice.

– Ils aiment avoir de l'attention, lui dit-il. Mais peut-être qu'ils en ont *trop* d'un seul coup.

Charles se demanda si c'était pour cette raison que Max s'était enfui de la salle de jeux et s'était caché dans une commode la semaine précédente.

– Tu as raison, approuva Béatrice. OK, les enfants, nous allons laisser un peu plus d'espace à Maggie et à Max. Que diriez-vous de les caresser et de les tenir en laisse à tour de rôle? Et pendant que vous attendez votre tour, vous pouvez faire des dessins de nos nouveaux amis.

Béatrice répartit rapidement les enfants en plusieurs groupes. Quand M. Boulanger vint les voir quelques minutes plus tard, deux enfants emmenaient Maggie en promenade dans les couloirs tandis que deux autres, assis sur le sofa, jouaient à agiter un lacet devant Max. Le reste du groupe dessinait sur la longue table avec des feutres et des crayons.

Charles entendit M. Boulanger qui disait à Béatrice :

— C'est parfait. Promener le chien en laisse apprend aux enfants à être responsables *même* s'ils ne vont pas plus loin que la salle à manger. Et Max les fait beaucoup rire. Le chaton a l'air heureux tant qu'il sait que Maggie est dans les parages.

Après le départ de M. Boulanger, Charles essaya à la fois de surveiller Max et Maggie et de s'occuper de Léonard qui dessinait Maggie en train d'aider le Père Noël à apporter les cadeaux.

— Tu vois? expliqua Léonard en montrant une tache rouge sur son dessin. C'est le père Noël. Il est sur le toit de ma maison et regarde dans la cheminée.

Charles essayait de deviner quel gribouillis représentait la cheminée, quand, soudain, Léonard éclata en sanglots.

— Je *n'ai plus* de maison depuis l'incendie, gémit le petit garçon, comme s'il venait juste de s'en souvenir. Comment le père Noël va-t-il faire pour me trouver?

Charles comprenait son chagrin. Il pensa au sapin

chez lui, avec toutes les belles décorations, aux grands bas rouges déjà suspendus à la cheminée sur lesquels leurs prénoms étaient inscrits, CHARLES, ROSALIE et HARICOT, et au vase plein de houx que sa mère mettait toujours dans l'entrée. Sans tout cela, Noël ne serait pas vraiment Noël.

Charles serra Léonard dans ses bras.

– Le père Noël te trouvera, lui dit-il. J'en suis certain. C'est un gars très intelligent, tu sais.

Les sanglots de Léonard s'étaient changés en gémissements quand, soudain, Charles entendit quelqu'un crier :

– Hé! où est passé le chaton?

CHAPITRE NEUF

— Toi, tu es vraiment un coquin, dit Charles en grattant Max sous le menton.

Le chaton ronronna et se frotta contre la main de Charles.

On était le lendemain après-midi. Charles était assis dans le salon près du foyer et aidait sa sœur à faire des guirlandes en papier. Il ne comprenait pas trop pourquoi Rosalie tenait tant à faire d'autres guirlandes, étant donné qu'il y en avait déjà des dizaines dans le sapin.

— Elles sont vieilles et décolorées, avait dit Rosalie. Il nous en faut des nouvelles.

Le frère et la sœur étaient donc en train de fabriquer des guirlandes en papier. Charles découpait des bandes de papier rouge et vert, et Rosalie les collait pour former des cercles qui s'imbriquaient les uns dans les autres. M. Fortin avait emmené le Haricot avec lui pour faire quelques courses de Noël. Biscuit en avait profité pour bondir dans l'auto rouge et partir avec eux. Charles pensait que Biscuit avait sans doute besoin de s'éloigner un peu de Max et de Maggie qui prenaient beaucoup de place à la maison.

Mme Fortin était à l'étage, dans son bureau. Elle travaillait sur l'histoire d'un fermier qui donnait des arbres de Noël à tous ceux qui en avaient besoin.

– Mon rédacteur en chef veut mon article au plus tard pour 17 heures, avait-elle dit. Et j'en suis seulement au premier paragraphe. Alors, s'il vous plaît, occupez-vous de Max et Maggie et interdiction de m'interrompre à moins que la maison soit en feu!

En montant l'escalier, elle avait fait une pause.

– En fait, si la maison est en feu, appelez d'abord le 911 pour prévenir votre père et les autres pompiers. Ensuite, venez frapper à ma porte.

– Compris, avait dit Charles.

– Hé! s'exclama Rosalie en arrachant une bande de papier à Max. Laisse-ça, petite crapule.

Mais elle blaguait.

Charles attira Maggie sur ses genoux pour lui faire un câlin. Maggie était la chienne la plus câline qu'il ait jamais rencontrée. On aurait presque dit l'un de ces gigantesques chiens en peluche qu'on pouvait embrasser tant qu'on voulait. Elle ne se débattait jamais pour descendre, comme Biscuit le faisait parfois. Elle s'installait tranquillement, une patte de chaque côté du cou de Charles pour lui faire un gros câlin de chiot. Elle était si lourde que parfois, Charles avait des fourmis dans les jambes quand Maggie restait trop longtemps sur ses genoux.

Ah, très confortable. Je pense que je vais faire une petite sieste. Hé! Que se passe-t-il?

Charles s'était penché pour attraper une autre feuille de papier vert, ce qui avait fait glisser Maggie par terre.

Bon, je suppose que je ferais aussi bien de jouer maintenant que je suis par terre. Où est mon petit copain préféré?

Maggie trottina vers Max en bâillant et lui donna un grand coup de langue. Elle se pencha en avant, les fesses en l'air et les pattes étirées devant elle. Puis elle se retourna et repartit en trottinant tout en regardant derrière son épaule.

Essaie de m'attraper, mon petit copain!

Max roula sur le dos, bondit et se mit à courir après Maggie, tout cela dans le temps de le dire. On aurait cru un éclair noir et blanc se dirigeant vers l'escalier.

Ouiiiii! Attends-moi!

– Oh, non! Pas encore le jeu de l'escalier.

Rosalie leva les yeux au ciel. Charles comprit que même elle commençait à se sentir un peu dépassée avec deux animaux chez eux en même temps. Ils allaient vraiment devoir faire quelque chose pour trouver une maison à Max et à Maggie, ensemble ou séparément. S'ils étaient encore là à Noël, qui n'était que dans une semaine, leur mère risquait bien de leur dire qu'elle en avait assez et que Maggie et Max devaient partir. *Mais* pour aller où?

Pour sa part, Charles aimait beaucoup avoir un chaton et une petite chienne comme invités. Ils étaient tellement amusants. Prenez le jeu de l'escalier, par exemple. C'était un jeu que Maggie et Max avaient inventé eux-mêmes. Max courait en haut de l'escalier et miaulait de toute la force de ses petits poumons. En dessous, Maggie aboyait pour lui répondre. Puis Maggie grimpait l'escalier pendant que Max filait en bas. Maggie aboyait et Max miaulait. Et ils recommençaient encore et encore. Charles n'était pas sûr de vraiment comprendre quel était l'intérêt du jeu, mais il était clair que les deux amis s'amusaient comme des petits fous.

Tout d'abord, Charles entendit miauler. Il ne pouvait pas voir le palier à l'étage d'où il était assis, mais il savait que Max était en haut de l'escalier.

Hii-Hii! Viens me chercher!

Puis il entendit aboyer.

Attends un peu, toi! J'arrive!

Charles entendit Maggie gravir les marches. *Boum, boum, boum.* Mais avant qu'elle arrive sur le palier, le garçon entendit Max qui dévalait l'escalier. *Tacatac*

tacatac. Ses petites pattes allaient deux fois plus vite que celles de la chienne.

Max miaula de nouveau, au bas de l'escalier cette fois.

Hii– Hii! Manquéééé! Allez, viens me chercher!!!

À l'étage. Maggie aboya.

Tu trouves ça drôle, mon petit ami? Je t'aurai la prochaine fois! Eh, attends! Que se passe-t-il? À l'aide! Je suis coincée! Fais quelque chose! À l'aide!

Charles secouait la tête en découpant une pile de bandes vertes. Cette Maggie aboyait vraiment beaucoup! Tout à coup, Max arriva comme une flèche dans le salon. Il sauta sur les genoux de Charles et commença à miauler et à pétrir la jambe du garçon avec ses petites griffes.

Au secours! Mon amie a besoin d'aide! Tu dois la sauver! S'il te plaît!

– Aïe! dit Charles. Qu'est-ce que tu fais?

Max sauta par terre et courut jusqu'au bas de l'escalier. Puis il revint vers Charles et Rosalie avant de repartir de nouveau vers l'escalier. Maggie aboyait toujours.

Charles regarda sa sœur.

– Je crois que quelque chose ne va pas.

Ils bondirent tous deux sur leurs pieds, coururent dans l'entrée et regardèrent vers l'étage.

– Oh non! s'écria Charles.

Maggie était là-haut sur le palier. Elle les regarda tristement et gémit encore une dernière fois. Sa tête était coincée entre deux barreaux. Elle essayait de reculer, mais Charles comprit tout de suite qu'elle était coincée.

Juste à ce moment-là, Mme Fortin sortit de son bureau.

– Que se passe-t-il ici? commença-t-elle. Je pensais vous avoir dit...

Puis elle s'arrêta.

– Oh, non!

Il fallut tous les Fortin (M. Fortin rentra à la maison dès que Mme Fortin le joignit sur son cellulaire), plus une scie (empruntée aux parents de Sammy, leurs voisins) pour réussir à dégager Maggie. Tout le monde s'accorda pour dire que Max était un héros, tout comme la petite chienne.

– En général, c'est Maggie qui sauve Max! dit Charles. Mais cette fois, c'est Max qui a sauvé Maggie en nous avertissant qu'elle était coincée. Ce sont vraiment des amis extraordinaires.

Charles avait Max sur ses genoux, pendant que Rosalie réconfortait Maggie sur les siens.

– Et ils ne peuvent pas se passer l'un de l'autre, ajouta M. Fortin, l'air pensif. Je demande un pow-wow Fortin immédiatement. Je pense que nous devrions prendre ensemble la décision de trouver une *seule* maison pour Max et Maggie. Nous ne pouvons pas séparer d'aussi bons amis. D'accord?

– D'accord, répondit tout le monde en chœur.

– Mais où diable va-t-on trouver cette maison? demanda Mme Fortin en se penchant pour caresser Max. Je n'en ai vraiment aucune idée.

Charles en avait une idée, une idée très précise même. Mais il devait d'abord convaincre une certaine personne qu'il avait raison.

CHAPITRE DIX

— Qu'est-ce qui te rend si heureux? demanda Sammy à Charles. Tu n'arrêtes pas de sourire. Allez, dis-le-moi!

Charles secoua la tête.

— Tu verras.

— J'espère bien, répondit Sammy. Et comme j'ai accepté de réciter *La Nuit avant Noël* sans toi, tu me dois une méga faveur…

C'était la veille de Noël, et les garçons étaient assis à l'arrière de la fourgonnette, en route vers le Nid avec les autres louveteaux. Charles était *heureux*. Il avait travaillé très fort toute la semaine, mais cela en avait valu la peine. Il avait résolu deux gros problèmes. Un : trouver une maison à un chiot et un chat qui ne pouvaient pas être séparés. Deux : trouver un poème qu'il serait capable d'apprendre par cœur pour le spectacle de ce soir.

Le second problème avait définitivement été le plus facile à résoudre. Charles s'était rendu compte que s'il écrivait son *propre* poème, il aurait moins de difficulté à le mémoriser. Il n'avait même pas eu besoin d'inventer la forme du poème. Il avait simplement utilisé *La Nuit avant Noël* comme modèle, mais en changeant les mots, de la même façon que les louveteaux changeaient les mots de chansons connues comme *Frère Jacques*. Charles pensait qu'il s'était bien débrouillé. Peut-être qu'il écrirait un jour lui aussi, comme sa mère.

Il aurait aimé apprendre le poème à Sammy, mais il l'avait achevé seulement hier soir. De toute façon, cela aurait gâché la surprise liée au problème numéro un. Et Charles voulait que *tout le monde* soit surpris, y compris sa famille, les familles du Nid et tous les louveteaux. En fait, il y avait bien *une* personne qui était au courant de la surprise, mais cette personne-là ne dirait rien non plus.

La fourgonnette des Fortin s'arrêta devant le Nid au moment où Mme Fortin, Rosalie, le Haricot, Maggie et Max arrivaient. Les louveteaux sortirent en se bousculant, tout excités d'être au Nid pour le réveillon de Noël. Charles alla aider sa mère et se retrouva en train de porter Max pendant que Rosalie tenait la laisse de Maggie. La porte s'ouvrit toute grande avant même que M. Fortin ait le temps d'appuyer sur la sonnette.

– Ils sont là! cria Léonard. Joyeux Noël, Max! Joyeux Noël, Maggie! Joyeux Noël, Charles! Joyeux Noël, toute la famille Fortin!

Derrière lui, M. Boulanger se mit à rire.

– Et Joyeux Noël aussi à tous nos amis louveteaux, dit-il. Nous avons vraiment beaucoup apprécié votre aide chaque semaine. Entrez, entrez!

Le Nid était bien chaud et bien éclairé, avec les guirlandes de Noël autour du bureau de l'accueil et dans les couloirs. Et cela sentait bon. Une odeur de dinde, de farce et... Charles prit une grande inspiration :

– De la tarte aux pommes? demanda-t-il à M. Boulanger.

– Tout à fait! Je l'ai faite moi-même.

M. Boulanger posa la main sur l'épaule de Charles.

– Que dirais-tu si nous allions tous les deux installer Max et Maggie dans la salle de jeux? Rosalie, crois-tu que tu pourrais aider dans la salle à manger ce soir?

Rosalie haussa les épaules.

– Bien sûr!

Elle tendit la laisse de Maggie à M. Boulanger et suivit ses parents et les louveteaux dans le couloir.

– Est-ce que tout est prêt? demanda M. Boulanger à Charles à voix basse dans le couloir.

Charles hocha la tête.

– Tout est prêt!

– Excellent.

M. Boulanger ouvrit la porte de la salle de jeux et Béatrice vint à leur rencontre.

– Tu n'auras pas beaucoup de visiteurs ce soir, Béatrice, dit M. Boulanger. En tout cas pas avant la fin du spectacle.

– C'est parfait, répondit Béatrice. Comme ça, je pourrai passer plus de temps avec Max et Maggie.

Charles donna une petite caresse au chaton et à la chienne, puis suivit M. Boulanger jusqu'à la salle à manger. Sammy l'attendait près du chaudron de purée de pommes de terre.

– Alors, c'est bon, tu peux me le dire maintenant? demanda-t-il pendant que Charles prenait sa place.

Charles se contenta de secouer la tête et fit semblant de se sceller la bouche.

Le souper passa dans une sorte de brouillard, et

avant qu'il ait le temps de réaliser ce qui se passait, Charles était en train de pousser les tables sur le côté et de disposer les chaises en rangées. Quelques minutes plus tard, la salle à manger était devenu une salle de spectacles avec des rangées de chaises face à la scène sur laquelle allaient se produire les participants.

Charles sentit ses mains devenir moites. Il avala sa salive. Bientôt, bien trop tôt à son goût, il serait sur la scène et tout le monde le regarderait! Charles prit une grande inspiration et essaya de se calmer. Après tout, ces gens n'étaient plus des étrangers. Il leur servait des repas depuis plusieurs semaines, et il avait appris à connaître la plupart d'entre eux, surtout les enfants bien sûr.

Avant de laisser entrer le public dans la salle, M. Boulanger s'adressa à tous les bénévoles. Il leur expliqua comment allait se dérouler le spectacle. Les participants devaient s'asseoir dans la dernière rangée. M. Boulanger les présenterait chacun à leur tour. Ils monteraient sur scène, feraient leur numéro et retourneraient s'asseoir au fond. À la fin de la soirée, tous les participants se lèveraient pour remonter sur scène et saluer tous ensemble.

– Êtes-vous prêts? demanda M. Boulanger.

Le directeur du Nid alla ouvrir la porte, le public entra, s'installa sur les chaises et le spectacle commença.

Sammy était le troisième, après un louveteau qui chanta Ô douce nuit et un sketch très drôle joué par M. et Mme Fortin. Charles fut impressionné de voir son ami réciter aussi bien La Nuit avant Noël. Il ne s'était pas trompé une seule fois! Quand Sammy revint s'asseoir, Charles lui tapa dans la main pour le féliciter. Puis ils s'installèrent et regardèrent ensemble les autres bénévoles. Les gens adorèrent tous les numéros!

Puis Charles vit M. Boulanger qui le regardait et lui faisait un clin d'œil discret. Pendant que Charles se dirigeait vers la scène, M. Boulanger se glissa par une porte sur le côté de la salle et disparut.

Pendant une seconde, debout devant tout le monde, Charles sentit ses mains devenir toutes moites. Il avait l'impression que ses genoux s'étaient transformés en gelée. Puis, il regarda le public et vit Léonard qui souriait et lui faisait des signes. Charles respira un grand coup.

– Bonjour, tout le monde! Joyeux Noël! J'ai écrit un

poème spécialement pour ce soir.

Sa voix était un peu trop aiguë, alors il s'éclaircit la gorge.

– Hum, alors voilà.

Et il commença.

C'était la nuit avant Noël,
Un temps pour être heureux.
Mais plusieurs au Nid
Se sentaient malheureux.

Ils espéraient, allongés dans leur lit,
Que le père Noël leur dirait avec affection :
« Joyeux Noël à vous tous, grands et petits!
Max et Maggie resteront ici pour de bon! »

Hélas, ce n'est pas possible,
Car c'est terrible à dire
Mais un animal, c'est du travail,
Et deux, c'est encore pire.

M. Boulanger n'a pas le temps
De s'occuper de deux animaux.
Le Nid passe en premier,

Rien d'autre ne prévaut!

Daniel aime les chiens,
Mais il n'a pas le droit
D'avoir d'amis canins
Dans son logement étroit!

Miranda aime les chats
Mais leurs poils la font éternuer.
Comment parler au téléphone
Et aussi se moucher?

Béatrice s'occupe des enfants.
Imaginez le bruit que feraient les petits
Avec Max et Maggie courant et jouant.
Quelle cacophonie!

Mais écoutez! Regardez dehors!
Entendez-vous un traîneau?
Serait-ce le père Noël qui apporte
Le plus beau des cadeaux?

Juste à ce moment-là, M. Boulanger réapparut à la porte, mais il était maintenant habillé en père Noël, avec un costume tout rouge et une fausse barbe blanche. Il traversa la pièce, en tenant la laisse rouge de Maggie qui marchait derrière lui. La chienne portait dans sa gueule un bas en laine rouge et blanc. Dans le bas se trouvait Max qui regardait autour de lui de ses petits yeux vifs.

Tout le monde se mit à chuchoter et à glousser d'excitation. De la scène, Charles vit le visage de Léonard qui s'illuminait en voyant ses animaux préférés.

M. Boulanger rejoignit rapidement Charles sur scène. Ils échangèrent un sourire. C'était au directeur du Nid de finir le poème. Il se plaça face au public et commença.

De toutes mes forces j'ai réfléchi.
Je voulais trouver une bonne solution
Pour que Maggie et Max vivent au Nid
Et reçoivent plein d'attention!

Deux animaux à cajoler,
Pour une personne, c'est beaucoup.
Mais si tout le monde veut bien aider,
Ce n'est rien du tout.

On va tous s'en occuper,
Béatrice, Daniel, Miranda et moi,
Et vous verrez, ça va marcher.
Maggie et Max seront les rois.

Bienvenue, les enfants!
Vous aussi pourrez aider.
Joyeux Noël à tous!
Maggie et Max sont ici pour rester!

Pendant une seconde, tous les spectateurs se turent. Puis une explosion de joie et d'applaudissements emplirent la salle. Tout à coup, Charles eut presque envie de pleurer, alors il s'agenouilla très vite pour serrer Maggie dans ses bras. Charles avait encore du mal à croire qu'il avait réussi à convaincre M. Boulanger. Cela n'avait pas été facile de le faire changer d'avis, mais M. Boulanger avait finalement compris que si tout le monde y mettait du sien, le Nid pouvait accueillir un chiot et un chaton.

— Je pense que vous avez tous les deux trouvé une merveilleuse maison, chuchota Charles à Max et Maggie. Joyeux Noël!

EN SAVOIR PLUS
SUR LES CHIOTS

Les vacances de Noël sont formidables – mais elles peuvent aussi être dangercuses pour les animaux! Comme tout le monde est très excité, il est encore plus important de bien s'occuper de son chien.

À Noël, il y a toujours plein de nouveaux objets et de nouvelles choses à manger. Ton chien risque d'avoir mal au ventre s'il mange des restes de table trop riches. Il peut aussi être très malade s'il mange les feuilles ou les baies de certaines plantes, comme le houx et les poinsettias. Et si tu penses que le chocolat ferait une bonne petite gâterie pour lui, c'est une erreur : le chocolat est également un poison pour les chiens. Quant aux guirlandes, aux rubans et aux papiers d'emballage, ils ne sont pas non plus recommandés pour les petits chiots curieux, alors range-les bien soigneusement.

Les chiens n'aiment pas quand leur routine change, alors essaie de lui faire faire sa promenade et de le nourrir aux heures habituelles. Et n'oublie pas de faire des câlins à ton chien et de lui accorder toute ton attention même quand tu es très occupé.

Chères lectrices,
Chers lecteurs,

Dans ma famille, non seulement les gens reçoivent des cadeaux à Noël, mais les animaux aussi. En général, je donne au chat de mon frère un nouveau jouet rigolo et mon frère et sa famille donnent à mon chien de délicieuses friandises.

C'est amusant de choisir un cadeau pour son chien, mais ne le laisse pas sous le sapin ou ton chien risquerait de l'ouvrir plus tôt que prévu.

Joyeuses vacances de Noël à tous mes amis à quatre pattes!

Caninement vôtre,
Ellen Miles

À PROPOS DE L'AUTEURE

Ellen Miles adore les chiens et aime parler de leurs différentes personnalités dans ses romans. Elle a écrit plus de 28 livres, dont les ouvrages de la collection *Mission : Adoption* et d'autres classiques de Scholastic.

Ellen aime profiter de la nature tous les jours, en marchant, en faisant de la bicyclette, en skiant ou en nageant selon la saison.

Elle aime aussi lire, cuisiner, partir à la découverte de la belle région où elle vit, et passer du temps avec ses amis et sa famille. Elle vit dans le Vermont, aux États-Unis.